KB137583

당신은 마술을 보여달라고 한다

이장근

시인의 말

잠이 오지 않으면
잠을 기다리는 대신

막차가 끊긴 버스정류장에 앉아
첫차를 맞곤 했다.

첫차를 타러 나온 사람들 눈빛에서
시를 읽곤 했다.

그들을 싣고 가는 버스를
몰고 싶었다.

2019년 가을
이장근

당신은 마술을 보여달라고 한다

차례

1부 어제 본 사람과 오늘도 서서 간다

3부 당신은 마술을 보여달라고 한다

4부 아픈 사람들은 이름 없는 별을 찾는다

해설

1부

어제 본 사람과 오늘도
서서 간다

바닥을 모시는 자들

머리에 밥 쟁반을 이고 가는 여자
손으로 잡지도 않았는데
삼층으로 쌓은 쟁반이
머리에 붙은 것 같다
목은 떨어져도
쟁반은 떨어질 것 같지 않은
균형이 아닌 결합이 되어버린 여자
하늘 아래 머리 조아릴 바닥이 있다면
바로 저 여자의 머리
머리를 바닥으로 만든 머리
바닥에 내려놓고 파는 물건이
대부분인 시장통을
그녀가 간다
채소 가게 앞에 다다르자
주인 내외가 다가와
쟁반 하나를 내려놓는다
바닥을 모시는 자들의 단합이랄까
그녀의 바닥에서 그들의 바닥으로
따끈한 밥 쟁반이 옮겨 간다

공중 바닥

엘리베이터가 올라가다
덜컹, 멈춘다
버튼도 먹통이고 비상벨도 먹통이다
사각 먹통 속에서 나는
저 아래
추락할지도 모를 바닥을 생각한다
이 먹통 속에도 바닥이 있는데
움직일 땐 바닥이었다가
멈추니 공중이다
내가 일하는 곳에는
유리 바닥을 걷는 사람들이 있다
1년에 한 번 그들의 바닥은
공중이 된다
작년에 썼던 계약서를 다시 쓰면서
바닥을 보여야 한다
일종의 엑스레이 검색이다
초심은 투명하다
무기를 감출 수 없다

저항력을 잃은 사람은 버리기 쉽다

비행기가 무거우면

그들은 제일 먼저 버려진다

낙하산은 지급되지 않는다

악어 입에 머리를 넣듯

머리부터 들이밀고 보는 거다
자궁 문을 열고 세상에 나올 때처럼
어딘가로 들어가거나 나올 때는
손발이 아니라
머리를 통째로 거는 거다

머리를 걸고 사는 사람을 보았다
악어 입에 머리를 넣는 사육사
소름이 돋았다, 그러나 거기까지만
보는 자와 보이는 자의 머리 구조는
하늘과 땅 차이였다

내 머릿속에는 뇌가 있지만
그의 머릿속에는 창자가 있다
내 머리는 공포에 반응했지만
그의 머리는 허기에 반응했다
누구 머리가 진짜인가 묻는 순간

그의 허기가

내 공포를

우걱우걱 씹어 먹었다

오메가쓰리

생선에서 추출했다는
오메가쓰리를 먹고
속에서 비린내가 올라온다

내 엑기스를 먹은
그들도 거북할까
내 냄새는 얼마나 비릴까

엑기스 모두 빨린 몸으로
잠자리에 드는 요즘
나는 불면의 밤을 보낸다

마른 스펀지처럼
부스럭대며

이 하루도
너무 향기롭게 살았다고
너무 먹기 좋게 살았다고

악취를 잃어버린 하루에 대해
참회의 눈물을 흘린다

멀쩡한

요즘에는 멀쩡한 장롱이 길가에 버려진다
간혹 발길에 차였는지 새것인데
문짝만 부서진 장롱도 있다
대형폐기물 신고필증이라는 관인 찍힌 장롱도 있지만
막무가내로 버려져 길을 배회하는 장롱도 있다
사별 아닌 이별들
아니 결별들
이별에 대한 테크닉이 점점 좋아지고 있다
그런 장롱을 볼 때마다 나는 잠시 서성인다
집에 장롱이 없다면 가져다 썼을 거라는 생각을 하며
그러나 나를 가장 오래 서성이게 하는 건
한눈에 보아도 소각장밖에 갈 곳 없는
무참히 주저앉은 장롱이다
칠 벗겨진 곳에서 반질반질 윤기가 흐르는
죽음 앞에서도 너무 멀쩡한
자기와 이별하는 법을 터득한 장롱이다

그런 장롱을 만나면
나는 괜히 반질반질한 부분을 쓸어본다
그럼 그곳에서 손이 나와
내 손을 잡아준다
조문 답례다
그런 장롱은 절하지 않고도 보낼 수 있을 것 같다

구역

흡연 구역에서
그를 만났습니다
볼링 머신 뒤
볼링 핀 쓰러지는 소리가
비행기 소음보다 큰 곳이
그의 구역입니다
50㎝밖에 안 되는
공간을 이동하기 위해
기계와 기계를 넘어 다니는
그가 귀머거리 같은 입으로
담배를 빨 때 보았습니다
담배 한 모금
식도를 타고 굴러가서는
스트라이크!
소름처럼 돋은 소음의 핀들을
쓰러뜨리는 모습
세상엔 없애면 안 되는
구역이 있습니다

비행기보다 큰 소음에

귀가 먹으면서도 뜨지 못하는

좁은 일터나

도랑으로 빠지는 생활이더라도

다시 한번 굴려보자고

담배 한 모금

힘껏 굴려보는 구역

선녀네 만둣가게

만두 찜통 뚜껑을 열면
하얀 김 한 벌 날개옷 되어
그녀 몸에 감긴다

입고 싶지만
입을 수 없다

대신 만두 옷을 입힌다
옷고름 풀리지 않게 입히다 보면
만두 사러 온 사람들 줄도 길어진다

그녀의 하늘은
아직 젖먹이
만두피 같은 이불을 덮고
가게에서 잠들었다

울음소리가 나자
그녀 사람들 줄을 내팽개치고

아이에게 달려간다

아이의 내장은 지금
그녀의 동아줄이다

임대 아파트

조금 덜 늙은 사람이
조금 더 늙은 사람을
부축하고 간다

걸음이 희끗희끗하다

저렇게 오래
서로를 임대한 눈치다

제집이 되었을까
주위를 살피지 않는다
천천히 마르고 있는 빨래처럼
가고 있다

임대료 없는 햇빛 속이다

체인을 숭배하는 자들에게 평화를

헬스 사이클을 탄다
타고 가지는 못하고 타기만 한다
바퀴가 없으니 구르지는 못하고 감기만 한다
감아도 감아도 감기지 않는 체인
송곳니가 있지만 아무것도 자르지 못하는 톱니바퀴
월급을 감으며 월급이 빠질까 월급에 묶여
체인을 숭배하는 신자로 살고 있다

내 에너지를 소진시켜 생성한 에너지는 어디에 쓰이는 걸까?
누가 쓰는 걸까?

모든 신자는 제물이다

초록을 뒤집어쓴 신호

아직 초록 신호인데
한 사람이 뛴다
한 사람이 뛰니 둘 셋 합류한다
걷는 나만 이상해졌다
깜박깜박 초록 신호가 뛰어서
빨랑빨랑 뛰라고 해서
뛰는 것이다
뛰게 하는 게 초록 신호인가?
가짜다, 새빨간 거짓말이다
초록을 뒤집어쓴
추악한 신호다
색보다 무서운 건 동작
누가 색에 동작을 세팅한 것이냐?
일찌감치 작업량을 맞추듯
사람들이 다 건너고 나니
자동차가 달린다
자동차 쪽에선 아직 빨간 신호인데
제 신호인 듯 달린다

초록 보행 신호를 집어삼킨다

서서 가는 사람

버스는 새것인데 의자 수가 줄었다
하필 뒤쪽 자리들이
의자가 사라진 자리에는
서서 가는 사람들이 늘었다
정차 시간도 늘었고 타는 사람도 늘었다
버스 한 대가 싣고 가는 사람이 늘었으니
버스 회사 수입도 늘었을 텐데
이상하게 배차 간격이 벌어졌다
헌 버스 두 대를 버리고
새 버스 한 대를 장만했을까
버스는 새것이지만 운전은 더 난폭해지고
곡선에서 펼치는 사람들의 곡예도
점점 난이도가 높아진다
이 와중에도 바뀌지 않은 게 있다
노선, 그게 바뀌면 많은 것이 바뀔 것 같은데
요지부동이다
없는 사람일수록 노선에서 멀리 살고
멀수록 자리에 앉고 싶어

버스가 오면 우르르 사람들이 몰릴 뿐이다
뒷문으로 타는 사람이 늘고 있지만
노선을 바꾼 사람은 없다
어제 본 사람과 오늘도 서서 간다

마네킹의 오장육부

하모니카 소리가 이상하다
곡은 없고 숨소리만 있다
도레인지 미파인지
불고 들이마시는 소리에 뒤돌아보니
시각장애인이 아니다
두 눈 멀쩡하게 뜨고
바구니를 들고 있다
멀쩡함이 멀쩡함에 구걸하는 증상
속이 곪은 거다
외상 없는 내상
전화번호부 같은 것으로 맞았을까
모르는 사람에게 암보험 상담 전화를 걸던 그녀는
말기 암이었다
그 지경이 되도록 몰랐던 건
그녀의 오장육부가 위胃밖에 없었기 때문
배고픔이 모든 장기를 집어삼켰기 때문
합법적인 보이스피싱이라며
아는 사람에겐 권하지 않는다는

일말의 양심이 악성종양이었을까
수술대에 오르기도 전에
그녀는 제거됐다
집도의는 그녀를 뽑은 사람이었다
회사는 멀쩡했다

손톱의 미소

그의 손톱에 낀 때가
그와 세상의
짧지만 긴
경계선인 줄 알았다
넘어오지 말라는
세상의 으름장 같기도 하고
세상의 간섭 따윈 받고 싶지 않다는
그의 고집 같기도 해서
그의 손을 잡을 때마다
나마저 외줄을 타는 기분이었다
한 달째 일이 없다며
소주잔을 드는 그의 손
때가 빠진
매가리 없이 창백한
손톱을 본 후로는
그의 손톱에 낀 때가
세상이 그에게 던진
줄이라는 걸 알았다

그가 세상에 답례로 보내는
짧지만 긴
미소라는 걸 알았다

달의 평면도

달을 내려다보는 방법은 간단하다
보는 곳을 위라고 생각하면 된다
입체는 골칫거리다
시점이 너무 많지 않은가
방법이 없는 건 아니다
명암을 없애는 거다
음지를 양지로 바꾸는 기술
수탈을 수출로 쿠데타를 혁명으로
누르개로 납작하게 눌러버리는 거다
달이 평면이 되면, 달고나가 되면
원하는 모양을 찍을 수 있다
그걸 뽑는 아이들에게 상을 내걸면
아이들은 모이기 마련이다
그들이 만든 달은 설탕과 소다로 되어 있다
아이들의 이는 썩을 것이다
송곳니가 빠질 것이고
턱뼈도 퇴화할 것이다
온순하게 위를 올려다보는

평면이 될 것이다

복개천

청계천이 복원된 후
여러 번 와보았지만
한 번도 개천을 만난 적이 없다
여전히 뭔가에 덮여 있는 기분이었다
오늘에서야 그 단단한 실체를 알았다
물이었다, 물로 물을 덮었던 거다
물대포에서 뼈마디 굵은 물이 발사될 때
농사로 잔뼈가 굵은 노인을 두들겨 팰 때
물의 발원지를 보았다
펌프였다, 그들은 역류를 준비했던 거다
민주라는 말로 민주를 덮고
통일이란 말로 통일을 덮고
민주와 통일 위에서
또는 그 어떤 것보다 위에서 걷던 시대로
돌아가는 중이다
어제보다 오늘이 숨 막히는 내게
그나마 내일을 살 수 있게 하는 건
싱크홀, 지지기반을 무너뜨리는 일을

내가 할 수도 있다는 생각 때문이다
나는 아이들을 가르친다
믿지 마라 믿지 마라
의심을 복원하고 있다

낙법

회전하며 떨어지는 낙엽을 본다
바지런한 저항
나는 저런 자세가 좋다
뒷산에 걸린 저녁 해처럼
밑으로 파고드는 뒤집기 자세
날개 없는 것들의 비행술은 발버둥이다
체념만큼 지적인 패배가 있던가
리모델링 플래카드가 걸리곤 하지만
아직 손대기 아까운 아파트에는
아침마다 경운기 소리가 농구공처럼 튄다
아스팔트 바닥을 치며
폐지를 가득 싣고 달리는 노인은
나도 모르게 믿게 된 미신이다
한 점 부끄럼 없는 우상이고
손바닥을 치며 부르고 싶은 노래다

2부

나를 모르는 내가 가장 아프지 않았다

어항 1

금붕어 한 쌍이 독거로 바뀌었다
추위보다 지독한 건 추억이었다
남은 한 마리에게 두 개의 그림자가 따라다녔다
투명한 그림자가 불투명한 그림자보다 짙었다
무엇을 쫓는 건지 무엇에 쫓기는 건지
한 쌍이었을 때보다 물질이 빨라졌다
독거의 초기 증상일까
알을 품지 않았을까 의심했던 배가
며칠 사이에 홀쭉해졌다
그 외 특별한 증상은 없었다
사람을 따르기 시작한 것만 빼면
이를테면 내가 지나갈 때 수면에 주둥이를 대고
어항 벽을 따라 동그랗게 돈다
내가 가까이 가면 무슨 말을 하려다 만 것인지
수면에 거품을 여러 개 찍는다
감성을 자극하는 말줄임표를
내가 가장 경계하는 감정은 죄책감이다
아파트 앞 학교 운동장을 도는

노인을 떠올리게 한다
하필 어머니를 닮은
노인 앞에는 개 한 마리가 달리는데
개의 차림이 인간적이다
외로움은 종을 바꾼다
운동장을 도는 독거, 아니 동거

눈물을 삼키던 버릇

털장갑 보풀을 뗀다
버스를 타고 가는 내내
물방울을 떼는 거미처럼
언제 이렇게 많은 보풀이 생겼을까
털장갑은 몇 해 전 그녀가 떠 주었다
그녀를 지독하게 닮은 벙어리장갑이었다
처음 꼈을 때
울기 좋은 장갑이라 생각했었다
네 손가락에서 홀로 떨어진 엄지처럼
그녀는 외로웠으나
내 앞에서 눈물을 흘린 적은 없다
몇 번 울컥한 적은 있었으나
눈물이 눈을 끈질기게 붙잡고 있었다
보풀처럼
병문안 가는 길
그녀 몸속에 생긴 보풀은
눈물을 삼키던 버릇 때문이었을까
털장갑 보풀을 뗄 때마다

암 덩어리도 떼어질 거라는
미신을 만들며
오랜만에 맹신이라는 걸 해 보며
그녀가 붙잡고 있던 사랑도
보풀이라는 생각을 했다
창밖에는 눈이 내리고 있다

거품에 대한 명상

스무 살 근처
거품 없이 따른 맥주 같은 시절에
호프집에서 서빙을 했다
사장은 거품 잘 내면
500cc 몇 잔 더 뽑을 수 있다며
종업원들에게 거품 내는 법을 가르쳐 주었다
보름 만에 사장보다 거품을 잘 냈던 나는
촌에서 무작정 상경한 동갑내기 여종업원 둘을 제치고
서빙에서 빠를 맡게 되었다
그것도 승진이라고 친구로 지내던 영자와 말자에게
몇 번 테이블을 닦으라는 둥
몇 번 테이블에 서비스 안주를 갖다 주라는 둥
고참 노릇을 톡톡히 했다
하루는 가게 뒷정리를 마치고 퇴근하려는데
문밖에서 말자가 기다리고 있었다
영자가 고향에 갔다며

무서우니 자취방까지 데려다 달라고 했다
새벽 두 시에 거품 없는 몸뚱어리 둘이 무엇을 할 수 있었을까
잠깐 흔들렸지만 나는 등을 보였다
말자를 책임질 자신이 없었다
영자와 말자는 종종 서빙을 하다 말고
늙수그레한 남자 앞에 앉아 술을 따르기도 했는데
내가 어서 일어나라는 눈짓을 보내면
사장 쪽을 흘기며 난처한 표정을 지었다
월급날 사장은 영자와 말자의 눈을 피해
내 주머니에 만 원짜리 몇 장 더 찔러주었는데
거품을 잘 내서 받은 보너스였을까
거품처럼 술시중을 들던 영자와 말자를 묵인해준 대가였을까
거품은 부드러웠고
거품 맛을 본 혀는 늪에서 빠져나오지 못했다
나중에 안 사실이지만

맥주는 거품 없이 따르는 게 더 어려웠다
진짜 술꾼들은 그걸 찾았는데
이를테면 말자가 그랬다

헤비메탈

그땐

사방이 죽음이었다
잠결에 못 박는 소리가 들렸다
몸뚱어리가 어딘가에 박히는 기분이었다

아침에 눈을 뜨니
헤비메탈 머리를 한 예수 그림이
벽에 걸려 있었다

유물론자였다, 어머니는
못을 믿었다
거기 무엇이 걸리든 상관없었다

살자, 살자

못 박는 소리가 전부였다

오다리 아저씨

내가 자란 아파트에선
다리 사이로 축구공이 들어갈 만한
오다리 아저씨가 경비를 섰다
경비 전엔 이발소를 해서
가끔 내 머리도 반값에 깎아 주었는데
이발소 전엔 뭘 했다는 얘긴 없고
팔뚝에 일심一心이라는 문신으로만 요약되어 있었
다
아저씨가 서 있거나 걸을 때마다
기술 시간에 배운 옴(Ω)*이란 기호가 떠올라
혼자 킥킥대기도 했었는데
내가 군대 훈련소에 있을 때
아저씨는 지하실에서 죽었다
큰비 내린 날
천둥과 번개가 엇박자로 울 때
전선에 손이 달라붙은 채 감전사했다
정전이 되자
아무도 내려가지 않는 지하실에

혈연단신 평생 갈고닦은
저항의 걸음으로 침투하여
그 큰 전류를 온몸으로 받아냈다

* 전기 저항의 단위

입술을 만드는 입술

뜨거운 입술이 다녀갔네
손등에 닿자마자
반사적으로 뗐지만
계속 화끈거리는 손등
흐르는 물에 기억을 지워 보려 하지만
시간이 흐를수록 더욱 선명하게
드러나는 입술 자국
손등에 입술이 생겼네
빨갛다가 거무튀튀하다가
물집이 잡히다가
한동안 껍질에 덮혀 있다가
흉터로 정착했네
세상의 모든 입술이 흉터라는 듯
그대를 닮아 아픔을 봉합하고
말을 만들지 않는 입술
무언의 키스를 좋아하는
그댄 온몸이 입술이어서
어딜 닿아도 뜨거웠고

어느 몸이나 어느 곳이나
입술을 만들어 주었네
키스에 대한 예의라는 듯
그대의 대모가 들고 오는
그대, 그날처럼
보글보글 김치찌개를 품고 있네

뜨거운 눈동자

내 첫 친구는
귀밑 단발 산뜻한
소녀도 아니었고
작대기 허리에 차고
졸병 거느리던
골목대장도 아니었다
온몸 등나무처럼 꼬여
대청마루 기어 다니던
말 한마디 천근만근
목구멍으로 올리던
나보다 두 살 많던
뇌성마비 옆집 형이었다
손짓발짓 일 년
한 몸으로 지낼 때
어머니는 아직
한 해 더 영글어야 할 나를
학교에 입학시켰다
못 견디고 일주일 만에

학교를 도망치던 날

구불텅구불텅 신나게 달려

왈칵 친구 집 대문을 열었을 때

보았다, 꾸물꾸물

대청마루를 기어 와

내 몸속으로 들어오던

뜨거운 눈동자를

시외버스터미널

잡을 게 손밖에 없었다
날갯죽지 뒤는 낭떠러지였다
손에 힘이 들어갈수록
놓아야 할 때가 가까워졌다는 것
그녀는 내 손을 뿌리쳤다
손이, 손을, 잘랐다
그러곤 쫓기듯 키 큰 사람들 사이로 사라졌다
잘린 손도 함께 멀어졌다
돌아올 길을 표시하듯 바닥에 피를 뚝뚝 흘리며
사람들이 소용돌이를 만들며 지나갔다
소음이 뱅글뱅글 돌았다
말을 놓친 말이 말의 뒤꽁무니를 쫓아다녔다
어지러웠다, 어지러웠다
잘린 손의 무게만큼 몸이
기울었다, 울었다, 울음은
놓치기 쉬운 말
불쑥 낯선 손이 울음을 잡았다
손목에 손을 잘랐다 붙인 흉터가 있었다

그는 사무실로 나를 데려가
울음을 말려 주었다
난로 위의 주전자가 대신 울어 주었다
안내방송도 함께 울어 주었다
그녀가 돌아왔을 때
나는 울지 않았다
대신 그녀의 손을 잡고 있는 핏기 없는 내 손을
조용히 손목에 붙였다

소라

속삭이기엔
귀를 닮은 꽃이 좋았다

궤도를 잃은 말을 많이 알고 있었다
다른 은하계로 보내지 못한 말들은
지상을 떠돌다 사전에 묻혔다
사람들 입에서 죽음이 쏟아졌다
귓속이 으스스했다

살고 싶었다
손목시계에 집착했다
초침의 속삭임이 잠을 재워 주었다
곁에 아무도 없는 날이 많았다

무중력에서도 자유로울 수 있는 말이 있었다

소라, 그건 꽃을 부르는 주문이었다
소라, 그건 비밀이 생겼다는 뜻이었다

소라, 그건 살고 싶다는 말이었다

소라, 하고 부르면
해안가로 나팔꽃이 밀려왔다

막니

잘 닦이지 않는 마음이었네

말짱하게 아팠네

자주 혀끝을 대보는 구석이었네

썩기 전에 썩을 걸 걱정했네

시작부터 막장이었네

마지막일 수 없는 마지막이었네

오래 앓아 보지도 못하고 빼버렸네

늪이 생길 줄도 모르고

혀가 푹푹 빠졌네

말이 푹푹 빠졌네

사랑이 빠졌는데 사랑에 빠지는 걸

멈출 수가 없었네

영, 너는

카페 벽에 걸린 빨간 공중전화에
동전을 넣는다
마지막 말을 하려다 끊긴
그때의 통화가 이어질 것 같아
먹통인 걸 알면서도
수화기를 들고 버튼을 누른다
마지막 번호는 별표와 우물 정자 사이

영, 너는 젊었고
영, 너는 가난했고
영, 너는 우물에 별이 뜨면 물고기가 되었다

먹통 귀로 별을 따먹을 때마다
비늘이 되었다

잊지 못한 번호가 있다는 건 슬픈 일이다
오지 않는 전화를 기다리는 것 같아서

동전을 만지작거린 손에서는
비린내가 났다

자체검열

내가 고등학생이던 팔십년대는
한 반에 육십 명 가까이 되는
학생들의 시험 감독을 선생님 혼자서 했다
한번은 선생님이 시험지를 나눠 주고
짧고 굵게 노려본 후
의자에 앉아 신문으로 얼굴을 가렸다
신문에는 작은 구멍이 뚫려 있었는데
신문을 보는 건지 우리를 보는 건지 알 수 없었기에
커닝을 포기한 친구들이 많았다
구멍 하나가 신문을 높고 두꺼운 벽으로 만들었다
그즈음 나는 학생부에 끌려가
구둣발에 짓밟힌 적이 있었는데
학생의 인격을 존중해 달라는 학급회의 발표 때문이었다
구멍이었던 거다, 나는
인정사정없이 막아야 하는

잘못한 것도 없이 잘못을 인정하는 것으로
구멍은 막혔지만
그때 뚫린 양심의 구멍은 막을 길이 없었다
누군가 들여다보고 있는 것 같은 기분
대학생 때 학생운동 한번 하지 못했던 것도
촛불집회 앞줄에 서지 못한 것도
내 비굴함을 보고 있는 눈동자 때문이었다
하지만 요즘 따라 그 눈동자가 딱해 보인다
잘못했다고 말한 게 뭐라고
잘못했다 해놓고 또 하면 되는 건데
말은 행동으로 지우면 되는 건데
지우고 지워서 벽을 찢어버리면 되는 건데
인제 그만 말에 갇힌 나를 풀어 주고 싶다

멍

그는 자주 내 몸에 우물을 팠다

우물을 보던 나는
눈물이 멈추지 않는 인어와 마주치기도 했는데

팔을 뻗어 닦아 주려고 하면
물속으로 숨었다

숨어야 숨을 쉴 수 있는 목숨이 있다
가끔 숨비소리로 휘파람을 부는

내겐 모르는 사람들 속에 숨는 병이 있었다

멍은 아는 사람에 의해 생겼고
모르는 사람들 속에서 지워졌다

그들 중에서 멍이 있는 사람을 만나면
최대한 모르는 사람이 되어 주었다

나를 모르는 내가 가장 아프지 않았다

달래는 내가 지은 이름이다

푸르지오 아파트 앞 푸르지오 슈퍼
아파트 이름이 바뀌면
간판도 바뀌어야 할 것 같은 곳에서
달래는 알바를 한다
근방에서 제일 먼저 문을 열고
요즘 사람 같지 않게 슈퍼 앞을 빗자루로 쓴다
나를 보면 넙죽 인사하고 슈퍼로 들어가
담배 두 갑 꺼내놓고 기다린다
계산을 마치고 나올 때
폐지 줍는 할아버지가 도착하는데
달래는 또 넙죽 인사하고
한쪽에 모아둔 빈 박스를 리어카에 싣는다
그 모습을 보며 태우는 담배가 제일 달다
달래가 오고 단골이 늘었다
이유는 저마다 다르겠지만
나는 달래 목에 있는 초승달 모양의
수술 자국 때문이다
저렇게 착한 사람 목에 칼을 겨누고

인질극을 벌이는 세상이지만
흉터까지 웃는 입인 달래 때문이다

매듭

고양이가 쥐를 물고 있다

초를 켜고 끈 성냥에서 피어오르는 꼬리처럼 쥐는 가물가물 꺼져가고 고양이는 이글이글 타오른다

죽음은 없다

삶이 옮겨붙을 뿐이다

어항 2

독거 중이던 금붕어마저 보내고 나니
물이 보인다
어항 크기만 한
천 개의 눈동자와 지느러미와 아가미를 가진
칼로 베도 죽지 않던
어항을 청소할 때 배수구로 나갔다가
어디선가 몸을 씻고 수도관을 헤엄쳐 돌아오던
금붕어 두 마리를 뱃속에서 키우다
어항 밖으로 낳은 물고기
자나 하고 어항을 툭 치면
주름을 만들며 헤엄치는 모습이 보여서
어항을 치울 수 없다
때가 되면 청소를 할 것이고
어디선가 몸을 씻고 온 물고기를 볼 것이다
물고기에 비친 나를 볼 것이다

3부

당신은 마술을 보여달라고 한다

오월 소풍

문득 아버지한테 가야겠다는 생각이 들었다
급히 옷 챙겨 입고 집을 나섰다
시내버스 타고 지하철 타고 마을버스 타고
납골당 근처 가게에서 주과포를 사서
검은 비닐봉지 달랑거리며 걸었다
저승에서는 주량이 좀 느셨는지
아버지만큼 술을 못하는 내가
오늘은 뭔 바람이 들었는지
종이컵 가득 따른 술을 음복했다
금세 화끈거리는 얼굴
버스 타는 게 민망해서 천변을 걸었다
어릴 적 걷던 길 같아서 발이 가벼워졌다
징검다리가 있어 건너 볼까 하다가
근처에 앉아 남은 술을 마셨다
사과를 베어 물며 오징어를 뜯으며 징검다리를 바라보며
술기운이 올라 민망한지도 모르고
지하철에서 꾸벅꾸벅 졸았다

집에 다 와서 뜬금없이
짜장면이 미치도록 먹고 싶었다
중국집에 들어가 곱빼기로 시켜
한 젓가락 입 터지게 넣었는데
컥 목이 멨다
눈물이 핑 돌았다
옆자리에 놓은 검은 비닐봉지 밖으로
뜯다 남은 오징어 발 하나가 나와 있었다

사이역

지하철 1호선은
멀쩡히 달리다가도
뜬금없이 서버린다
그것도 역이 아니라 선로에

조금 있으면 옆 선로에
열차 한 대가 빠르게 지나간다
더 느린 열차가 더 빠른 열차를
보내는 거다

그 모습을 보고 있으면
내가 탄 열차가 역이 된 느낌이다
이를테면 가산디지털단지역과 신도림역
사이에 있는 역

나는 이 애처로운 역에
사이역이라는 이름을 붙여 주고는
당신을 떠올린다

가속도가 붙은 나를 먼저 보낸 후
사라지는 내 뒤꽁무니를 한참 보고 서 있던
당신이라는 역

지금은
별과 별 사이에 있다

바람 집

풍 맞고 쓰러진 할아버지
폐허가 된 왼쪽 몸에
살았다, 할머니는
지으면 허물어지는 집을
매일 지었다

대소변까지 의존하던 할아버지였지만
기력을 회복한 날이면
배짱 두둑한 목소리로 할머니를 불러
먹을 갈게 했다

덜덜덜 바람에 떠는 왼손으로
방바닥을 짚는 순간 방향을 바꾸는 바람
오른쪽에 닿기 전에
재빠르게 한 자 쓰고 물러나는 오른손

폐허에 지은 집을
한 채 두 채 옮겨놓았다

섬

사방이

등이다
옆구리다
품이다

내가 품고 있는 것이
당신의 등이라는 걸 알았다

옆구리에 있는 배꼽에
날개를 넣어두었다는 것도

가려운데 가려운데
손이 닿지 않는 품이 있다는 것도

등을 긁어주는데
당신이 운다

낮달

당신의 웃음에는
낮달이 뜬다

낮에 등을 켜는 마음에는
오 분에 한 번 해가 질 것 같아서

배시시 웃을 때마다
나는 그만 눈이 시리다

낮에 품다
밤에 잃어버린

아이의 태명이
입술에 고여 있다

지우개로 지운 글자에 남은 자국처럼
눌러 쓴 기억이

다음 페이지 하늘에도
배어 있다

차비

잡은 손에
쪽지 하나 느껴졌다

까막눈 할머니가 쥐어준 꼬깃꼬깃 지폐 한 장
펼치니 접힌 곳이 길이 되었다
어디로 가는 약도일까

곡기를 끊은 할머니는
여러 번 접었다 편 지폐처럼
주름이 깊었다
모서리에 난 구멍에서 신음이 흘러나왔다
웅 웅 이웅을 털어내고 있었다

한밤 자고 가겠다는 나를 돌려보내던
차비 10,000원
1원처럼 가벼웠다

1로 가는 약도라는 듯

까막하늘에

이웅들이 수두룩했다

벽돌 한 장

아버지 왼쪽 날갯죽지에는
직사각형 점이 있었다
꽤 크고 반듯하여
벽돌 같다는 생각을 한 게
내 나이 마흔 주위를 서성일 때였다
벽돌 한 장에 묶여 날지 못하는
아니 날았더라도
벽돌 한 장의 무게만큼 기울어
부메랑처럼 집으로 돌아왔을 거라는
엉뚱한 추측을 확신하게 되었을 때
나는 아버지라는 의미에 대해
조금은 알 것 같았다
벽돌 한 장으로 집을 짓는 사람
비록 허허벌판이더라도
돌아갈 곳을 잊지 않는 사람
집은 건축이 아니라
좌표라는 것
아버지가 화장을 고집했던 이유도

벽돌 때문이었다
벽돌 한 장 굽는 일로
아버지라는 직함을 마감했다

마우스피스

강펀치를 맞는 순간

튀어나온다

엄마!

입에 물고 있던 말

침 범벅이 된 말

아가, 꽉 물고 있어라

엄마 밖은 링이다

젖을 떼며

엄마는 입에

엄마를 물려 주었다

은하철도 999

뛰뛰빵빵 장난감 차였다가
습관성 탈선을 앓던 기차였다가
웃통 벗기 좋아하던 새빨간 오픈카였다가
'아기가 타고 있어요' 스티커를 붙이고 다니던 가족 차였다가
멀리 가버린다고 하고선 집으로 돌아오던 순환 버스였다가
공업사를 들락날락하던 고물차였다가
종종 혈육을 묻고 오던 장례식 차였다가
탈선할 레일도 없이 가버린 은하철도 999였다
일 년에 한 번 지구별에 들러
차창에 얼굴 바싹 대고 보다가
상다리 부러지도록 차려놓은 소꿉놀이 밥을 먹고
뛰뛰빵빵 간다

부부

남자 같을 때가 있다
천생 여자였는데

당신에게 출몰하는 남자가
나와 닮은 구석이 많다

삼투압이랄까
살 비비며 살았으니

어쩌다가 우리는
호르몬까지 나누는 사이가 되어

드라마를 보며 눈물을 찍는 나를
꼭 안아 주는 당신

당신을 닮은 여자를
달래 주는 남자

마술쇼

숙련되면 속도가 생긴다
속도가 생기면 속일 수 있다
속일 수 있으면 마술이 시작된다

빈 모자에서 비둘기를 꺼내거나
당신이 골랐던 카드와 같은 카드를 내밀거나
손짓만으로 사람을 공중 부양시키는 일

당신은 요즘 따라 부쩍
내게 사랑하냐고 묻는다
그러곤 대답하는 속도를 잰다

우리의 사랑은
그때 말하지 못하고 돌아서던
서툰 인사 속에 있는데

당신은 마술을 보여달라고 한다
바늘로 찔러도 터지지 않는

풍선 속에 넣어둔 사랑을 확인하려고 한다

당신의 자작극에
매번 나를 캐스팅한다

여명

놀란 표정이다
오늘 저녁에 잠깐 들르겠다던
수화기 음성을 듣지 못했나 보다
귀가 어두운 거다

급히 차린 저녁상
설거지해 놓은 숟가락에 붙어 있는
밥풀이 딱딱하게 굳어 있다
눈이 어두운 거다

국이 짜다
소금 통 옆에 놓고 냄비 뚜껑을
몇 번이나 여닫는 걸 보았다
혀가 어두운 거다

막차가 끊길 즈음
집에 가려고 일어서는데 자고 가란다
내일 출근해야 한다는 걸 알면서도

갈아입을 옷이 없다는 걸 알면서도
두 번 세 번 자고 가란다

밝은 거다
눈과 귀와 혀
몸의 문이 하나둘 닫히면서
마음이 밝은 거다

단칸

흰자위 같은 아내와 나는
노른자 같은 아이들과
방이 두 칸인 집에서
아직도 잘 때는
방 한 칸으로 모인다
몸 비비며 자다 보면
몸에서 닭똥 냄새가 난다
삼십 년도 더 된
내가 아이들만 할 때
맡고 자던 냄새
언젠가 방 한 칸을 깨고
아이들은 떠나겠지만
조금만 더 조금만 더
아내와 나는 아이들에게
냄새를 옮기고 싶은 것이다
세상에서 가장 징한 냄새를 만드는 단칸
징한 사랑도 징한 아픔도
단칸에서 시작되고 끝난다는 것

살면서 단칸만은
빼앗기면 안 되고
빼앗아도 안 된다고

오막살이

오막에 살자
품과 품으로만 집을 짓고
그 밖의 집은 모두 허물어버리고
지나가면 심장이 떨리는
노래길 옆에 살자

잔돈처럼 짤랑거리는 야간열차
아직 잠들지 못하고
창밖을 보는 사람에게 손을 흔들며
손은 저런 곳에 흔드는 거라고
속삭이며

밖이 요란해서
밖보다 요란하게 달리는
그렇게 밖을 지우는

노선 없는 사내에게 물려받은 노래여서
허공만 보면 달리고 싶은

우리도

아기에게

자장가만 물려주자

당신의 남자에게 하는 약속

창을 닦는 당신의 손
흔들흔들 배웅 같기도 하고
마중 같기도 하다
호— 입김 불면 달리는 말풍선
무슨 말을 읽었기에 금세 지워버릴까
창밖에는 당신의 모습을 보고 있는 남자가
창에 얼굴을 바싹대고 있다
막 나간 것 같기도 하고
막 돌아온 것 같기도 하다
당신의 손길을 기다린 눈빛이다
세수를 하고 수건으로 얼굴을 닦아 주듯
당신은 창을 닦는 일로 절을 대신한다
먼지는 당신이 사는 창 쪽에만 낀다
같은 쪽에 사는 내가 묻히고 들어온
먼지를 생각한다
닦을수록 생사는 투명해진다
나는 말끔해진 당신의 남자에게
술을 따르고 절을 올린다

들어오라 들어오라 손짓하지 않는다
대신 당신이 당신의 남자에게 가면
저 창을 닦을 내 손을 본다
손톱에 뜬 달이 말끔한 밤이다

수평선

그녀
선과 선을 묶은 매듭으로
서 있다

당기면 풀리는 나비매듭이 아니라
당길수록 조여지는 배꼽 매듭이다

배꼽을 만들던 본능일까
소실점이 될 때까지 풀어지지 않는
그녀

지상에
어떤 소실점이
저리 고집스러울 수 있는가

풀리면
세상에 수평선 하나 사라진다

4부

아픈 사람들은
이름 없는 별을 찾는다

수요일의 주사위

수요일에 던진 주사위는
일곱 번째 별이 되어라
이름을 얻은 별들은 곧잘 아프다
같은 궤도를 떠도는 병을 앓고 있다
아픈 사람들은 이름 없는 별을 찾는다
별자리를 긋고 가는 유성을 처방받겠다는 듯
길 잃은 곳에서 사랑은 빛난다
사랑을 잃은 사람들에게
수요일은 도박과도 같아서
우연을 가장한 필연인 걸 알면서도
주사위를 던진다
땅에 떨어지면 육을 넘지 못하지만
혹시나 필연을 벗어날 수 있지 않을까
무중력을 향해 던지는 주사위
불을 놓기 위해 그은 성냥처럼
심장을 긋고 가는 말이 많은 날
수요일에는 길을 잃은 사람들은 많아도
길을 묻는 사람은 없다

가야 할 곳을 몰라 알아버린 사람들이
노선 없이 달리는 별을 기다린다

식구

구로디지털역 포장마차에서
김밥 한 줄 시킨다

떡볶이 국물을 덮어 달라고 하니
빨간 국물에 떡볶이와 어묵이 몇 개 딸려 온다

옆에 서서 먹는 여자도 같다

늦은 점심인지 이른 저녁인지 모를 시간도
떡볶이인지 김밥인지 모를 메뉴도
딸려 온 건지 얹어 준 건지 모를 떡볶이와 어묵도

모르는 게 많으면서 같이 먹고
아는 게 많으면서 따로 먹는다

식도를 타고 가는 김밥은 급행인데
지나가면 명치 쪽에 없던 역이 생기곤 한다

우린 거기서 내리고 탄다

환절기

벤치에 앉아 담뱃불을 붙일 때
전동휠체어가 다가왔다

담배 한 개비만 빌리자는 노인의 입속에
이가 한 개비도 없다

담배를 건네고 두 손 뻗어 라이터를 켜려는데
노인의 두 손이 내 손을 감싼다

미열일까
손이 따뜻하다

모인 손이
꽃봉오리 같다

기침처럼 라이터 불꽃이 핀다

뒤돌아보는 병을 앓는다

품이 덫으로 변하면
나도 등을 보여야 하리
터벅터벅 벽 쪽으로 걸어가
손등에 얼굴을 묻고
무궁화꽃을 피워야 하리
등 뒤에 새끼들을 풀어놓고
뒤돌아보는 병을 앓아야 하리
피었다 피었다
외치고 돌아보면
아무 일 없었다는 듯 멈추더라도
때론 돌아보기도 전에
등을 치고 달아나더라도
잘했다 다시 한번 더
등을 보여야 하리
벼랑 앞에서 새는 꽃으로 피고
나의 이별도 깎아지는 듯한
뒷모습이어야 하리

밤새 앓는 섬이었다

밀려오는 통증을 파도라 하자
파도에 실려 온 모래를 신음이라 하자
신음으로 쌓은 성을 당신이라 하자

밤새 앓는 섬이었다, 나는
당신은 잠깐이었지만 좋았다
잠깐 잠깐이어서 좋았다

성을 쌓은 건 꽃 자를 붙여주고 싶은 자잘한 게
집게에 물려도 아프지 않은
잔소리는 파도 소리보다 좋았다

나에게 유배 왔다는 말
섬이 섬을 버릴 때까지 떠날 수 없다는 말
물질은 시키지 않겠다는 말

나는 조개껍질 같은 말을 실로 꿰어
당신의 목에 걸어주었다

잠깐 웃다 무너지는 당신이 좋았다

파도가 물러가면 꽃이 피듯
게들이 작은 구멍 밖으로 나왔다
당신의 숨바꼭질이 좋았다

목련 신호등

나도 저런 신호가 되고 싶다
빨간 신호에
주위도 살피지 않고
큰 걸음으로 건널목 건너는
노인의 백발처럼
급정거한 차가
클랙슨을 누르자
되려 삿대질하며 욕을 퍼붓는
딸깍발이 손가락처럼
나도 저렇게
도덕을 공중분해하며 피고 싶다
부욱 외투를 찢으며
내복 바람으로
어쩔 건데! 어쩔 건데!
찬바람을 지워버리는
목련꽃처럼
노인이 건너고 나서야
한 잎 두 잎 켜지는 초록 신호

나도 저렇게
세상을 한바탕 어질러 놓고 싶다

육교 커피숍

육교가 사라졌는데도 끈질기게 육교다
건널목과 신호등이 생기고
길 건너 아파트도 우뚝 솟았지만
간판은 아직도 육교
육교라도 삼킨 걸까
문을 열고 들어가니
엽차를 들고 오는 여자 얼굴에
계단이 자글자글하다
엽차를 내려놓으며 살짝 웃을 때
계단을 오르내리는 무수한 발을 보았다
저 여자 얼굴에는 신호등이 없구나
오라 가라 재촉하지도 오지 마라 밀어내지도 않는
오르고 내리는 인생들이여 언제든지 오라이!
어떤 색에도 물들지 않은 눈빛
지상보다 높은 지하에서
그녀의 방공호에서
하룻밤만 재워달라고 부탁하고 싶다

나를 함정에 빠뜨리는 보호색을 모두 지우고
아이처럼 잠들고 싶다
공갈 경보 따위는 모두 잊어버리고
시도 때도 없이 평화로워지고 싶다

사과 고양이

사과의 울음을 들은 적 있다

울음은 껍질을 벗는 일

사각사각

울음의 속살은 달고 씨는 떫다

속살을 파먹을수록 외로움만 남던 사랑이여

밤마다 고양이가 울던 동네였다

매일 속살을 파먹었고

되도록 멀리

외로움을 뱉어내곤 했다

여관

지난주엔 아랫배에 이틀 묵고 갔다
오늘은 무릎에 묵고 싶은지 아침부터 쿡쿡 문을 두드린다
있는 듯 없는 듯 날갯죽지에 장기 투숙하는 이가 벽에 귀를 대고 엿듣다가 잠든 눈치다
어쩌다가 갈 곳 없는 통증의 거처가 되어
진통제도 듣지 않는 몸이 되어
오래전 심장에 묵었던 이는 다시 오지 않았다 벽에 죽고 싶다 낙서를 해놓고 보라는 듯이 살아서 나갔다
그 후로 심장을 찾는 이는 없다
통증이 없는 밤은 적막했고 나는 습관처럼 진통제를 찾는다
어쩌다가 우산을 쓰고 오는 이가 있으면 심장을 치우고 불을 땐다
아랫목에 손을 집어넣고 토닥토닥 심장을 두드리며 잠든다
내가 나를 찾는 밤이 제일 아프다

나를 인화하면 '너'가 된다

사진사는 사시였어요
여기 보라고 하며
저기를 보게 할 줄 알았죠
여기에 갇히지 않도록
덕분에 한 번도 나를 봐주지 않는
사진을 갖게 되었어요
'너'라는 제목을 붙인 나의 사진
볼 때마다 나보다는
내가 보는 것을 생각하게 만들어요
그럼 그 시절 내가 봤던 것들이
하나둘 배경으로 살아나
사진으로 담을 수 없었던 세계가 펼쳐지죠
심장에 눈을 달고 태어난 나도
실은 사시예요
삐뚤어진 마음 때문에
매도 많이 맞았으니까요
나를 봐달라고 애원한 사랑은
매번 저기를 보며 떠났죠

'너'를 만나지 못했더라면
삶도 저기로 비껴갔을 거예요
세상에 매 맞고 온 날은
암실로 들어가요
나를 봐주지 않는 나를 인화해요

별일 없이 서툴다

주희는 열여섯이나 먹었는데
걸음이 서툴다
말도 서툴다

별일 없이 서툴다

태어나 한 번도 익숙했던 적이 없어서
서툰 것에 익숙해졌을까

나는 주희만 보면 괴롭다
별일 없이 익숙한 방에 도둑이 든 것 같다
서랍은 모두 빠져 있고
십 년 묵은 옷들이 방바닥을 뒹군다
건질 게 없었는지
똑바로 살아라!
벽에 큼지막하게 써놓고 간 것 같다

주희는 서툴러서

걸음이 또박또박하다
말도 또박또박하다

처음이라는 말이 스며 있다
내가 별일 없이 잊고 사는 것들이 있다

틈새 집

벽과 벽 틈새에 지붕을 끼운 집

닭내장탕 잘하던 곳은

아직도 잘 있는지

내장처럼 한 집에 살자 고백하려다

먼저 술에 취해버린

집 아니 틈새

그대와 나도 그런 곳에 지붕을 끼우고 살 뿐이었네

그대는 그대를 허물지 못하고

나는 나를 허물지 못하고

서로의 틈새에

내장 같은 외로움을 꺼내놓고

그렇게 조금씩

옆구리에 스며드는 일이었네

네가 만드는 작은 바람

너의 숨소리가 모든 소리를 지우는 밤이다
네가 만드는 작은 바람을 만지고 싶어
코에다 손가락을 대어 본다
간지럽고 따뜻한,
손톱에 봉숭아물을 들여놓았더라면
꽃이 피었을 거라는 생각을 하며
돌아누워 눈을 감는다
걸음과 걸음 사이에 놓이던 걸음처럼
너의 숨과 나의 숨도 박자를 맞추지 못한다
너의 숨에 나의 숨을 숨기고 싶어
잠시 숨을 참아 본다
네가 마실 때 나도 마시고
네가 내쉴 때 나도 내쉬는 순간을
우린 얼마나 가지고 있을까
너의 숨은 나보다 짧다
그래서 촘촘하다
네 숨이 짓고 있는 이불의 바느질을 생각하다
다시 손가락을 대어 본다

따끔하고 예쁜,
꽃들이 이불에 수를 놓는다
남은 손을 네 배 위에 얹어 본다
출렁출렁 바다를 건너는 돛단배 되어
네가 만드는 바람만큼만 너에게 간다

오늘 잘한 일

건널목에서 신호를 기다리고 있는데
인기척이 느껴졌다
뒤를 돌아보니
내 허리 높이만큼 키가 자란
아이가 서 있었다
내 뒤에서
8월 따가운 햇살을 피하고 있었다
나는 잠시 나무가 되기로 했다
발바닥에서 자란 뿌리가
지구 반대편 땅을 뚫고 나가
그쪽에서도 한 그루 나무가 되는 상상을 할 때
신호가 바뀌었다
나는 아이에게 말을 걸었다
"우리 건널까?"
아이는 내가 만드는 그림자를 따라
길을 건넜다
다 건너자 팔을 흔들며 어디론가 뛰어갔다
아이의 그림자가

내 그림자가 낳은 새 같았다

진주 목걸이

버스 창에 맺힌 빗방울 하나에
마음이 쓰일 때가 있다

버스가 출발하자
작은 아기 빗방울들을 낳으며 사라지는 모습에
코끝이 시큰하다

엄마 엄마 엄마
아기 목소리가 들리는 쪽으로
앞에 앉은 할머니의 목이 돌아간다

아직도 엄마라는 말을
목에 걸고 다니는 모양이다

나방

나의 방에
나방이 날아다닌다
쌀벌레 성충이다
빛나지도 않는 내 주위를 맴돈다
몸 여기저기에 앉는다
손을 휘저으면 달아났다가도
금방 다시 날아온다
그러다 손에 맞아 죽은 놈도 여럿 있지만
온다, 죽음을 넘어, 전령처럼
아직도 쌀에 기생하냐고
성충이 되기를 포기했냐고
알면서 모르는 척하면
벌레보다 못한 거라고
나의 곳간에
나방이 날아다닌다

해설

사이에 지은 집

조대한(문학평론가)

그대와 나 사이에

하이데거는 횔덜린의 시를 이야기하는 글에서, 인간은 이 땅 위에 시적으로 거주한다고 언급한 적이 있다. 그는 어딘가에 집을 짓고 거주하는 일을 종종 인간의 존재론과 연관지었는데, 따라서 그가 현존재의 구조라고 정의했던 '세계-내-존재(In-der-Welt-sein)'에서 다른 단어들 못지않게 중요한 것은 장소 혹은 거주를 의미하는 'In'일 것이다. 그는 인간의 본질이 거주 그 자체에 있으며, 거주는 무언가를 지음으로써 가능한 것이라 주장했다. 그의 말에 따르면, 우리들은 어떤 존재들이 거주하는 방식이나 지어둔 시의 구조물을 통해서 그들의 중요한 부분을 살펴볼 수도 있을 것이다.

그렇다면 이장근 시인의 두 번째 시집은 어떠한 방식으로 자신만의 건축물을 구축하고 있을까? 언뜻 그것은 단단하게 짜인 구조물의 형상이라기보다는, 듬성듬성 여백이 있거나 유동적으로 흘러 움직이는 이미지에 가까운 것처럼 보인다. 가령 「바람 집」이라는 시편을 살펴보면, 풍을 맞고 쓰러진 '할아버지'와 그를 간호하며 살아가는 '할머니'의 이야기가 등장한다. 거동은 물론이고 할머니에게 대소변까지 의존하며 생활하는 할아버지였지만, 이따금 기력이 좋아지는 날이면 그는 붓을 잡고 애써 글자를 쓰곤 했다. 그것이 시구였는지 아니면 사자성어였는지 명확히 알 길은 없으나, 점차 황폐해지는 둘의 삶을 버티게 해준 것은 그렇게 한 자 한 자 쌓은 글자들이었던 것 같다. 할아버지는 더 이상 움직이지 않는 왼쪽 몸으로 글자들을 쌓아올렸고, 짓고 나면 바람에 허물어지는 그 집을 할머니는 매일 다시 지었다. 그렇게 "폐허에 지은 집"들을 "한 채 두 채 옮겨놓"는 것으로 두 사람의 삶은 하루하루 이어졌던 듯싶다.

다만 집이라는 것이 마냥 삶의 위안이 되는 건 아닌 듯하다. 「벽돌 한 장」이라는 작품 속의 '나'는 '아버지'의 "왼쪽 날갯죽지"에 있는 "직사각형 점"이 "벽돌 같다는 생각을 한"다. 아버지는 그 벽돌 한 장 때문에 세상 바깥으로 날아가지 못했고, 아니 날았다 한들 부메랑처럼 다시 집으로 돌아와야만 했다. 그것은 일종의 구속이지만, 허허벌판 같은 세상 속에서 제자리를 찾게 해주는 모종의 안전장치 같은 것이기도 했다. 벽돌 한 장을 자기 생활의 구심점으로 삼아온 그에게, "집은 건축이 아니라 좌표"에 가까운 것이었는지도 모르겠다. 이 시편들을 통해 추측할 수 있는 집의 의미는 크게 두 가지인 듯싶다. 하나는 그것이 삶을 가능하게 하는 존재적 기반이 된다는 것, 다른 하나는 연인, 가족 등 사람 사이의 관계와 밀접한 연관을 맺고 있다는 것. 그리고 이러한 집의 풍경도 있다.

벽과 벽 틈새에 지붕을 끼운 집

닭내장탕 잘하던 곳은

아직도 잘 있는지

내장처럼 한 집에 살자 고백하려다

먼저 술에 취해버린

집 아니 틈새

그대와 나도 그런 곳에 지붕을 끼우고 살 뿐이었네

그대는 그대를 허물지 못하고

나는 나를 허물지 못하고

서로의 틈새에

내장 같은 외로움을 꺼내놓고

그렇게 조금씩

옆구리에 스며드는 일이었네

-「틈새 집」 전문

위 시편에서 '나'는 '그대'와 함께 갔던 곳을 회상하고 있다. 그곳은 벽의 틈새에 지붕을 끼워 만들어진 '닭내장탕' 집이다. 내장처럼 자신의 속을 드러내듯 삐져나와 있던 그곳은 정식 건물이라기보다는, 벽과 벽 사이 또는 건물과 건물 사이에 지붕을 이어 생성된 간이 공간에 가까운 듯하다. 얇은 슬레이트 지붕 한 장이 아니었다면, 음식을 잘한다며 찾아오는 이들의 발길이 아니었다면 그곳은 집으로 불리기 힘든 곳이었을 것이다. 내가 그 집을 떠올리는 이유는 어느덧 반려자가 되어버린 그대에게 처음 고백을 하려고 마음을 먹었던 장소가 바로 그곳이었기 때문이다. 하지만 잔뜩 술에 취한 탓에 그 고백은 흐지부지되었고, 얼버무려진 사랑 고백처럼 우리의 관계 또한 그렇게 이어져 온 듯하다. 오래도록 옆에 있던 그대와 나 사이엔 어느새 함께 머무는 공간이 생겼고, 벽과 벽에 지붕을 잇대어 만들어진 틈새 집처럼 "그대와 나도 그런 곳에 지붕을 끼우고 살 뿐"이다.

그렇지만 이제 그대는 그대의 벽을 허물지 못하고, 나 역시 나의 벽을 쉬이 허물지 못한다. 그것은 "삼투압"처럼 스며들어 서로 "살 비비며 살았"(「부부」)던 시간의 관성 때문이기도 하지만, 어느 한쪽의 벽을 허문다면 반대쪽에 놓인 벽도 무너지리라는 선명한 예감 때문이기도 하다. 나와 그대는 각자의 벽을 지닌 개체였지만, 한곳에 오래 머문 까닭에 그 경계의 구분은 모호해져버렸다. 하나가 사라지면 두 개의 그림자를 모두 짊어져야 하는 이들의 삶처럼(「어항 1」), 우리는 이미 서로를 향해 기울어져 얼마만큼 겹쳐버린 것 같다. 그대와 나 사이에 놓여 있는 틈새의 집은 간이 지붕을 치워버리는 순간 혹은 서로가 그것을 거주지라고 여기지 않게 되는 순간 이내 사라져버릴 허약한 장소에 불과하지만, 어쩌면 그곳은 우리의 삶 속에서 각자의 벽과 건물보다 더 커다란 시간의 하중과 존재의 부피를 차지

하고 있는 것인지도 모른다.

틈새에 묻힌 이들

사람과 사람 사이의 '틈새'가 존재들이 관계를 맺는 장소라고 말할 수 있다면, 그곳은 연인이나 가족 사이에만 만들어지는 것이 아니라 세계와 마주하는 개인들의 삶 주변에도 생성될 것이다. 예컨대 「구역」이라는 시편을 보면, 제목처럼 '구역'이라 불리는 어떤 공간이 그려진다. 그곳은 볼링장 기계와 기계 사이에 놓인 사각지대인 듯싶기도 하다. '나'는 그 구역에서 기계를 정비하는 '그'를 만난다. 그는 볼링 머신이 원활히 작동되도록 "50㎝밖에 안 되는/공간을 이동하"고, 어렵사리 "기계와 기계를 넘어 다"닌다. 그의 구역은 볼링장 레인의 매끈한 마루를 유지하기 위해 은폐되어 있는 배면의 울퉁불퉁한 공간인 것 같다. 그 구역은 한없이 위험하고 초라해 보여 일견 부정적으로 느껴질 법도 하나, 그에겐 무척이나 소중한 곳이다. "비행기보다 큰 소음에/귀가 먹으면서도 뜨지 못하는/좁은 일터"이지만, 그곳은 그와 세상을 이어 주는 유일한 생활의 터전이자 "담배 한 모금" 피면서 잠시 숨을 돌릴 수 있는 쉼터이기도 하다. 그렇기에 시인은 다음과 같이 말한다. "세상엔 없애면 안 되는 구역이 있습니다".

시인의 바람과는 반대로 이 세계의 도시는 점차 반드럽게 재정비되어 가는 듯하다. 도시는 흐르는 물로 오래된 개천을 덮고, 무허가 건축물처럼 삐쭉삐쭉 난립되어 있는 이들의 구역을 정돈해 나간다. 매끈한 표층만을 선호하는 이 세계는 "그 어떤 것보다 위에서 걷던 시대"(「복개천」)로 변해갈 것이고, 입체가 사라진 이곳은 모두 "온순하게 위를 올려다보는 평면"(「달의 평면도」)이 되어 갈 것이다. 시인은 이처럼 표층에 짓눌려 살아가는 이들의 삶, 비가시적인 곳으로 밀려난 자들의 터전을 시적으로 복원해내려 한다. 첫 시집 『퀀투』에서부터, 맑게 반짝이는 얕은 상류보다는 다소 투박해보일지언정 웅숭깊은 밑바닥 혹은 하류의 삶과 언어에 깊은 관심을 가져온 시인은, 두 번째 시집에서도 비대한 세계의 크기에 가려 잘 보이지 않는 이들의 삶에 여전한 시선을 보내고 있는 듯하다. 그것은 세계의 위기에서 제일 먼저 깨지고 버려지는 이들의 유리 바닥 같은 삶(「공중 바닥」)이자, 바닥에서 바닥으로 이어지는 생활 속에서도 서로를 모시며 살아가는 이들의 삶(「바닥을 모시는 자들」)이다.

내 첫 친구는

귀밑 단발 산뜻한

소녀도 아니었고

작대기 허리에 차고

졸병 거느리던

골목대장도 아니었다

온몸 등나무처럼 꼬여

대청마루 기어 다니던

말 한마디 천근만근

목구멍으로 올리던

나보다 두 살 많던

뇌성마비 옆집 형이었다

-「뜨거운 눈동자」 부분

내가 자란 아파트에선

다리 사이로 축구공이 들어갈 만한

오다리 아저씨가 경비를 섰다

경비 전엔 이발소를 해서

가끔 내 머리도 반값에 깎아 주었는데

이발소 전엔 뭘 했다는 얘긴 없고

팔뚝에 일심一心이라는 문신으로만 요약되어 있었다

아저씨가 서 있거나 걸을 때마다

기술 시간에 배운 옴(Ω)이란 기호가 떠올라
혼자 킥킥대기도 했었는데
내가 군대 훈련소에 있을 때
아저씨는 지하실에서 죽었다

-「오다리 아저씨」 부분

세계 속에 파묻혀 쉽게 보이지 않는 이들을 향한 시인의 관심은 매끈한 도시 이면에 놓인 사람들뿐만 아니라, 기억 속에 묻혀 잊힌 사람들에게도 향해 있는 것 같다. 인용된 처음의 시편에는 '나'와 교우 관계를 맺었던 벗의 이야기가 나온다. 내 생의 첫 번째 친구는 함께 즐거이 수다를 떨거나 골목을 뛰놀던 이들이 아니라, 천근만근 힘겹게 말 한마디를 꺼내고 온몸으로 대청마루를 기어 다니던 "뇌성마비 옆집 형"이었다. 어머니가 한 해 일찍 보낸 학교에 억지로 입학해야 했던 나는 낯선 친구들과의 만남과 강압적인 교육을 견디지 못해 학교에서 도망쳤고, 도망친 발길 그대로 친구 집에 달려간다. 그리고 일주일 동안 나를 기다린, 성치 못한 몸으로 꾸물꾸물 마루를 기어 나와 "뜨거운 눈동자"를 보내는 친구와 열렬히 재회한다. 이 기억이 시적으로 형상화될 수 있었던 것은, 시간이 흘러 많은 관계들이 쌓였음에도 몸과 뜨거운 눈동자로 교감하던 이와의 만남은 거의 사라졌거나 희미해졌기 때문일 것이다.

다음 시편 역시 내가 어린 시절 만났던 사람에 대한 기억을 그리고 있다. 그 사람은 내가 자란 아파트에서 경비를 서던 '오다리 아저씨'이다. 그를 오다리 아저씨라 부른 것은 "기술 시간에 배운 옴(Ω)이란 기호"가 떠오를 정도로 휘어진 그의 다리 때문이다. 큰비가 내리던 날 아파트에 정전이 들자, "평생 갈고닦은/저항의 걸음으로" 혹은 그보다 힘써 익힌 어떤 책임감으로 그는 아무도 내려가지 못했던 지하 배전실에 내려갔고, 전선이 손에 달라붙은 채 감전사했다. 아저씨가 죽을 때 나는 군대 훈련소에 있었고, 그가 이발소를 운영했었다는 것 외에 무슨 일을 하고 살았는지조차 명확히 알지 못한다. 하지만 '옴'자만큼 크게 벌어졌던 그의 다리, "일심一心이라는 문신으로만 요약되어 있었"던 그의 삶, 벌어진 다리의 넓이보다 더 큰 전류를 온몸으로 받아내다 사라진 그의 죽음은, 나의 기억이 아니었다면 시간에 묻혀 조용히 사라졌을 것이다. 이렇게 보면 시인이 발굴하고자 하는 틈새는 공간의 일종일 뿐만 아니라 시간의 장소이기도 한 것 같다.

벤야민의 글 「역사철학테제」 중 파울 클레의 「새로운 천사」에 관한 해석은 곧잘 인용되곤 한다. 클레의 그림 속 천사의 눈앞에는 어떤 잔해들이 끊임없이 쌓이고 있다. 그 잔해들은 시간의 지층에 묻힌 자들의 더미이기도 하고 잊힌 이들의 묘비 없는 무덤이기도 하다. 어쩌면 우리의 삶과 기억도 잔해들처럼 조각난 채 끝없이 쌓여 가고 있는지도 모른다. 그리고 그 퇴적의 속도는 한층 더 높아지고 있는 듯싶다. 새롭고 자극적인 것들이 쉼 없이 나타나는 만큼, 이전의 존재들은 더욱 빠르게 기억의 지층 아래 매몰되어 간다. 삶의 속도에 밀려 파묻힌 존재들에게 우리가 어떤 안타까움이나 처량함을 느끼는 까닭은, 아직은 내가 그곳에 있지 않다는 묘한 안도감과 언젠가 나도 그들처럼 시간에 덮여갈 것이라는 기이한 동질감이 뒤섞여 있어서는 아닐까. 창공으로 등을 떠미는 바람을 견디고 서 있는 천사처럼, 시인 또한 고집스레 바닥에 머무른 채 시간에 묻혀버린 이들과 세계의 틈새로 사라진 이들의 잔해를 헤집고 있다. 그것은 시인의 삶을 자꾸만 바닥으로 끌어내리는 벽돌 한 장만큼의 생활의 무게 때문이기도 하겠지만, 그 구속보다 더 단단히 묶여 있는 어떤 애정과 고집 때문이기도 할 것이다. 시인은 세상의 누구도 "단칸만은/빼앗기면 안 되고/빼앗아도 안 된다고"(「단칸」) 말하며, 세계의 바닥 아래 깔려 있는 존재들에게 최소한의 틈새를 열어놓으려 한다.

이름 없는 돌탑처럼

세계와 시간의 틈새 아래 파묻혀가는 이들을 시적 언어로서 끄집어 올린다는 점에서, 이는 일종의 존재적 호명처럼 느껴지기도 한다. 굴원의 「초혼」이나 오르페우스의 서사시를 떠올려보면, 사라져가는 이의 이름과 생명을 건져 올리는 것은 시의 오래된 기능 중에 하나였다. 그렇다면 이 시집 속에서 이름은 어떠한 방식으로 작동하고 있는 것일까? 그것은 크게 두 가지 측면이 있는 것 같다. 하나는 세계에 기입되는 명칭이다. 이때의 이름은 세계의 시스템이 존재들을 호출하는 코드명에 가깝다. 이름을 얻게 된 이들은 정해진 세계의 궤도 안으로 편입된다. 세계의 일부가 되어버린 그들은 본연의 색채를 잃거나, 병에 걸려 아픈 것처럼 묘사되는 듯하다. "이름을 얻은 별들은 곧잘 아프다"(「수요일의 주사위」).

다른 하나는 존재의 특성에 가까운 무엇이다. 「달래는 내가 지은 이름이다」라는 시편을 보면, "푸르지오 아파트 앞 푸르지오 슈퍼"에서 아르바이트를 하는 '달래'라는 인물이 그려진다. "아파트 이름이 바뀌면" "간판도 바뀌어야 할 것 같은" 특색 없는 슈퍼에서, 달래는 매일 아침 빗자루로 가게 앞을 쓴다. 달래는 내가 방문

할 때마다 넙죽 인사를 한 후 약속처럼 담배를 두 갑 내어주고, 폐지 줍는 할아버지가 찾아오면 또 넙죽 인사를 한 뒤 모아둔 박스를 리어카에 실어 준다. 별것 아닌 평범한 아침의 풍경이지만, 시인은 그 모습을 바라보며 피는 담배가 세상에서 제일 달다고 이야기한다.

하이데거에 따르면 언어의 기초가 되는 것은 곧 이름이다. 물론 그것은 세계가 붙여준 명칭이라기보다는, 세계 안에 숨겨진 존재의 특성 혹은 부재 속에 간직된 현존에 가깝다. 시인이 굳이 들에서 흔히 피고 지는 달래의 이름을 꺼내든 것은, 세계의 시선에서는 쉽게 보이지 않을 일상 속 친절함의 풍경들이 그 식물의 숨겨진 아름다움과 겹쳐 보여서는 아니었을까. 이처럼 존재들의 특성과 기억을 바탕으로 이름을 지어 부르는 일은 「선녀네 만둣가게」, 「오다리 아저씨」, 「영, 너는」 등의 시편에서도 발견된다. 결과적으로 시인에게 이름을 짓는 일이란, 존재에게 부여된 세계의 이름과 가림막을 지워버리는 일이기도 한 셈이다.

> 아픈 사람들은 이름 없는 별을 찾는다
> 별자리를 긋고 가는 유성을 처방받겠다는 듯
> 길 잃은 곳에서 사랑은 빛난다
> 사랑을 잃은 사람들에게

수요일은 도박과도 같아서
우연을 가장한 필연인 걸 알면서도
주사위를 던진다
땅에 떨어지면 육을 넘지 못하지만
혹시나 필연을 벗어날 수 있지 않을까
무중력을 향해 던지는 주사위
불을 놓기 위해 그은 성냥처럼
심장을 긋고 가는 말이 많은 날
수요일에는 길을 잃은 사람들은 많아도
길을 묻는 사람은 없다
가야 할 곳을 몰라 알아버린 사람들이
노선 없이 달리는 별을 기다린다

-「수요일의 주사위」 부분

위 작품에는 수요일마다 주사위를 던지는 사람들의 모습이 그려진다. "수요일은 도박과도 같아서" 그들은 마치 중독이라도 된 것처럼 강박적으로 주사위를 굴린다. 땅에 떨어진 주사위의 숫자는 당연하게도 6을 넘지 못할 것이지만, 그들은 "혹시나 필연을 벗어날 수 있지 않을까" 하는 기대감으로 정육면체의 주사위를 반복하여 허공에 던진다. 그 주사위의 비행은 이미 결과가 정해져 있다는 점에서 파국이 예견된 추락이지만, 세계의 중력과 필연에서 일순간이나마 자유로워질 수 있다는 점에서 "날개 없는 것들의 비행술"이자 "발버둥"(「낙법」)이기도 하다.

이 세계 속의 별과 사람들은 정해진 이름과 지정된 궤도를 순환하고 있다. 그것은 촘촘히 짜여 운행되는 노선 같은 것이어서, 세계 속에 편입되는 순간부터 그 필연적인 순환 고리에서 벗어날 방법은 없는 것처럼 보인다. 노선의 버스 숫자가 바뀌고 내리고 타는 사람들의 수가 바뀌어도 세계의 노선만큼은 요지부동 바뀌지 않는다(「서서 가는 사람」). 그 안의 사람들은 전부 "같은 궤도를 떠도는 병"에 걸린 듯싶고, 매일매일 공전하는 궤도 내의 존재들은 녹이라도 슨 것처럼 모두 아프다.

그 반복되는 아픔에 지친 사람들은 자신들의 고통이 치유될 수 있다고 믿는 것처럼, 수요일마다 주사위를 던지고 "이름 없는 별"을 찾는다. 아마도 그 별은 발견되는 순간 이름이 붙여질 것이고, 땅에 떨어진 주사위는 정해진 운명처럼 6을 넘지 못할 것이다. 수요일 밤의 꿈이 끝나면 다시 반복될 한 주가 무기력하게 시작되고 말 것이다. 하지만 끝내 바닥에 떨어질 것을 알고 있음에도 잠시나마 자유를 활강하는 주사위처럼, 사람들은 정해진 선로와 선로 사이에서 뜬금없이 멈춰 설

세계와 이름 없을 '사이역'(「사이역」)을 꿈꾼다. 그들은 일순간이나마 "노선 없이 달리는 별"을 꿈꾸고 기다린다.

이처럼 매끈하게 코팅된 선로 같은 세계에서 시인이 할 수 있는 일이란, 잠시 쉬어갈 수 있는 틈을 만드는 일일 것이다. "숨어야 숨을 쉴 수 있는 목숨"들을 위해, 시인은 "숨비소리로 휘파람"(「멍」) 불 수 있는 숨구멍을 판다. 존재들의 벽 사이에 원활한 호흡이 오갈 수 있도록 자그마한 바람길을 만든다. "품과 품으로만 집을 짓고/그 밖의 집은 모두 허물어"(「오막살이」) 버리려는 듯, 시인은 세계의 부품명같이 규정된 이름들을 지우고, 존재들의 구체적인 삶과 사연으로 이름 붙인 새로운 언어의 집을 다시 지어 올린다.

이 같은 집짓기는 시의 형식에서도 잘 드러난다. 정도의 차이가 있겠으나, 『당신은 마술을 보여달라고 한다』 속에 담긴 시편들은 대부분 잦은 행갈이들의 연속으로 이뤄져 있다. 비교적 길지 않은 행들이 연이어 쌓여 있는 이 작품들은, 전체적인 형태로 보자면 대개 가로가 짧고 세로로 높게 쌓인 모습일 것이다. 물론 이는 발화의 명료함과 읽는 이의 편이성을 고려한 시적 형식이겠지만, 달리 생각해 보면 하나하나의 사연들이 쌓여 만들어진 이름 없는 돌탑처럼 보이기도 한다. 그 속에서 화려하게 이어지는 기다란 수사의 문장들을 찾아보긴 힘들지만, 단형의 아담한 문장들의 서까래와 바람이 통할 수 있는 너끈한 여백들 사이로 한 층 한 층 쌓아놓은 시어의 집을 만날 수 있다. 처음으로 돌아가 보자. 인간이 시적으로 거주한다고 주장했던 하이데거는 현존재들이 '사이(Zwischen)'에 실존한다고 말을 덧붙이기도 했다. 그의 전언에 기대어 본다면, 시적인 거주를 가능케 하는 것은 이 사이의 힘일 것이다. 잘 짜인 세계의 노선들과 육중한 존재들의 관계를 버티게 하는 것은 어쩌면 그 사이사이에 숨겨져 있는 작은 틈새와 무수한 여백들의 힘이 아닐까. "걸음과 걸음 사이에" 놓아두었던 시인의 "걸음처럼"(「네가 만드는 작은 바람」), 나와 당신의 틈 사이에 쌓아올린 시어의 돌탑처럼.

당신은 마술을 보여달라고 한다

2019년 10월 30일 1판 1쇄 펴냄

지은이	이장근
펴낸이	김성규
책임편집	김은경 이계섭
디자인	김동선
펴낸곳	걷는사람
주소	서울 마포구 월드컵로16길 51 서교자이빌 304호
전화	02 323 2602
팩스	02 323 2603
등록	2016년 11월 18일 제25100-2016-000083호

ISBN 979-11-89128-52-4 04810

ISBN 979-11-89128-01-2 (세트)

* 이 시집은 2014년 대산창작기금을 받아 출간되었습니다.

* 이 책의 국립중앙도서관 출판시도서목록(CIP)은 서지정보유통지원시스템 홈페이지(http://www.seoji.nl.go.kr)와 국가자료공동목록시스템(http://www.nl.go.kr/kolisnet)에서 이용할 수 있습니다. (CIP제어번호:2019041267)